# 神と龍王の黙示録

天宮沙羅



文芸社

私はこのむなしい人生において、すべての事を見てきた。正しい人が正しいのに滅び、悪者が悪いのに長生きすることがある。

あなたは正しすぎてはならない。知恵がありすぎてはならない。なぜあなたは自分を滅ぼそうとするのか。

悪すぎてもいけない。愚かすぎてもいけない。自分の時が来ないのに、なぜ死のうとするのか。

伝道者の書　7章15～17節

# プロローグ

人は何処から来てどこへ行くのだろう。

広大な宇宙空間からみれば、ほんの一瞬でしかない生命。

この世に生まれ、生きていくということに、どんな意味があるというのだろう。

それともただ偶然に何の意味もなく誕生し、そしてどんなに知識を詰め込んだり、努力したりしても、時が来ればすべては夢と消え、生きた証など自然の時間の中に埋もれて忘れられ、いつかは人類そのものも、恐竜のように消滅していくのだろうか。

〔昭和四十六年高校の試験シーン〕

誰か、こたえて！　人はいつか年老いて、ただ朽ち果てていくのに、なぜ生まれてきたのだろう。それともこんな疑問は青春の一時的なもので、おとなになったら、ああそういえば、若い時はそんなことを考えたこともあったな、と思い返すだけで、日常生活にうずもれてしまうものなのだろうか。

あるいはこんな疑問は、受験戦争の苦しさからの逃避にすぎないのだろうか。中学時代は成績はよかったほうだけど、同程度の学力を持った生徒が集まった高校では、いつのまにか落ちこぼれ組に近くなっている。中退したいけれど、もしかしたら社会人になった場合それはキズになるし、やめたあと何したいのか具体的に分からない。なぜ人間は生きていかなければならないのだろう……。あ、誰かの足音。そういえば、確か前もこんな場面があったな。教室のところで足音が止まり、担任の先生と話をし、私が呼ばれて、「家に帰りなさい」と言われる……。

用務員が教室のドアをノックし、担任の先生と話をする。

「神谷《かみや》、ちょっと」

夢と現実が交差する不思議な感覚のまま、先生に呼ばれた少女は立ち上がり、歩き出す。

「行方不明になっていた君のお兄さんが見つかったそうだ。今日のテストはこれで終わりだし、終わったらすぐ家に帰りなさい」

# 神と龍王の黙示録

拝啓

団塊《だんかい》の世代の諸兄の皆様、お元気ですか？

あの燃えるような青春を送られた皆様は、今はどのように過ごされておられるのでしょうか。かつては否定していた機構の中に、そんなに悪いものでもないなと安住していらっしゃるのでしょうか。あるいはいまだに暗中模索の日々でしょうか。それとも休火山のように、再びあの使命感に満ちたエネルギーが活動できる機会を待っていらっしゃるのでしょうか。

これはあの熱い世代と、それを全く知らない醒めた世代に挟まれた、貴方の妹からのメッセージです。

ではいずれまた

〔昭和六十二年〕

女性が結婚に踏み切る時期は三回ある。

初めは、二十二歳前後。まだ自分で自分のことがよく分からない頃、愛情を一身に受け、相手の男の人好みの女に自分を変えていくことに喜びを感じ、幸せなのだと思える時。次が、友人や同僚がバタバタ結婚し始める二十五歳の声を聞く頃。三回目は、そろそろ出産リミットを感じ出す二十七歳の頃。

でも、それらの制約を過ぎてしまえば、あとはいつでもフィーリングが合った人との出会いが、その人自身の適齢期なのだわ、と今年三十四歳になろうとしている、神谷梨絵子《かみやりえこ》は思った。彼女は高校時代、兄の自殺に遭遇しており、彼女自身も一時期、精神崩壊に近い状態になったため、自分が、子供を産み育てるということは、考えられなかった。

梨絵子は、官庁や会社企業などに派遣されてインプット関連の仕事をしていた。彼女の派遣元の会社は、当初は情報処理《コンピューター》サービス業として、請負形態だったが、昭和六十一年に労働者派遣法が成立したあとは、派遣形態に移行した。

女性の仕事といえば何年いても相変わらず、お茶汲みと雑用だけという会社では、三〜四年も勤めると、同僚がだんだん退職していき、若い女の子たちが主流を占めるようになると、なんとなくいづらくなってくるものだが、派遣業だと、給料は安いが、周囲の無言の圧力がかかることはなかった。


人材派遣の原形は古くからあった。司馬遼太郎や藤沢周平の歴史小説にも、たまに『口入れ屋』として登場する。戦国時代や江戸時代の築城に大量の人夫が必要となるが、そうした時に腕をふるったのが、人を派遣する稼業である口入れ屋なのであった。

こうした職業は、第二次大戦まで続いたが、強制労働やピンハネがつきものだったため、戦後の労働法では、こうした形態は全面的に禁止されたのである。

しかし、戦後の高度経済成長と、その後の景気変動の過程で、派遣の需要が増加し始めたのであった。

今回はあるフィルム関係のK社に、システムコンサルタントとして派遣されている。K社は外資系の会社で、場所は日本橋にあった。オフィスは一応禁煙になっていて、たとえ課長でも、灰皿は使用した人が後片付けをするので、女子社員たちは、自分が使ったものでもない灰皿の後始末から解放されていた。会社によってそれぞれ社風があり、女性の待遇などもかなり違うな、と梨絵子は思った。

男性と同じように大学で学び、自分の能力を仕事で発揮したいという女性が社会に出て初めてつまずくのは、女子はお茶汲みが当然、という会社の暗黙の了解ではないだろうか。新入社員なら当然、というのであればまだ納得できるが、男性の新人に、そんなことは要求されない。だが、あまりこだわりすぎると、仕事もまだできないくせに生意気な女、と受け取られるので、妥協するしかない。

「あ、神谷さん、お帰りなさい。端末《たんまつ》のレスポンス（マシンの応答）の遅い原因分かりましたか？」

派遣スタッフの控室で休憩していた、コンピューターの保守の仕事を担当しているスタッフから声をかけられた。

「ええ、分かった。端末マシンというのは、いろいろな種類の仕事を同時にさせようとすると時間がかかってしまうのよね。売上伝票の入力作業以外に、他の課でも取引先のマスター登録だとか、照会業務だとかをほとんど同時にやっちゃったから、レスポンスが遅くなってしまったのよ。ま、交通渋滞みたいなものなのよね」

今度のトラブルの原因は、単にひとつの原因（ミス）があって問題が発生したというのでなく、いろいろな原因が互いに影響しあって、レスポンスが遅くなるという結果になったのだ。原因があって結果があるのでなく、原因があって、その原因を促《うなが》す環境があって結果が出てくるということに、何か自然の定理でも発見したかのように反趨《はんすう》していると、電話が鳴って、スタッフが受話器をとった。

「神谷さん。パンチャーの女の子たちが、また端末のレスポンスが遅くて仕事にならなくて、お昼休みもとれないって、ぶつぶつ文句言っているんですけど」

「あ、はい。事情の説明ついでにどんな様子か現場を見てくるわ。で、そのまま休憩ずらしてとりますので、よろしく」


「……というわけで、まだオペレーション・システムが確立されていないために、レスポンスが遅くなって皆様にご迷惑をおかけしていますが、システムが整備するまでもう少し様子を見てください」

パンチ室から出て、控室に向かう途中で、将棋の駒を盤に並べている音が響いてきた。その時、梨絵子の頭の中を子供の頃の思い出が過《よぎ》った。

兄――梨絵子、将棋を教えてやるよ。いいかい、王様の動かし方はこうで、金《きん》はこうで、銀《ぎん》はこうで、桂馬《けいま》は……。
妹――うん……、うん……。
兄――よーし。梨絵子から先にやっていいぞ。

音のする部屋に入っていくと、高木課長と社員が対局《たいきょく》していた。高木課長はちょっと茶目っ気のある、俳優でいうと近藤正臣《まさおみ》のようなタイプで、女子更衣室などで交されるうわさでの評判はよかった。

「おじゃまします。課長、見ていてもよろしいですか?」

「ああ、君は最近派遣されてきた人だったね。お昼休みまで仕事していたの?」

関西風のアクセントで、課長は言った。

「あ、そうくるのか。参ったな、その手は。素直じゃなくて」

ぶつぶつ言っていた相手の人とは数分で勝負がついてしまった。

「よかったら、一局やろうか？」

どの程度の実力か分からない女性を相手にする男性は、よほど自信のある人だと梨絵子は直感的に感じた。確かに将棋の好きな女性はめずらしく、昼休みに対局していると、からかい半分に社員が見にくるので、自信のない人は相手をしてくれない。勝ってもたいして自慢にはならないし、万一負けでもしたら、仲間からどんな野次《やじ》が飛んでくるか分からないから、たいして強くもないのに敬遠されてしまう。かといって、知っている人もいない将棋道場にひとりで入って行けるほど、勇気はなかった。将棋をやるのは久し振りだった。

「女の人で将棋のできるのは珍しいね。どのくらいやっているの？」

「いえ、駒の動かし方を知っている程度です」

数分間、盤上での無言の会話が交わされた。

「仕掛《しか》けたら、とらないといけないよ」

ふいに、課長がやさしく忠告した。梨絵子は、将棋の本格的な勉強はしたことがなく、駒組《こまぐ》みなどほとんどしないで、いつも自己流で指《さ》していた。今まで相手をしてくれた人々も自己流だったので、アドバイスを受けたのは初めてだった。が、課長のそのセリフは、なんとなくセクシーにも聞こえた。

「あ、困ったな……」

「うーん。この分だと、ちょっと君の不利だね。僕だったらどうするかな。ちょっと盤《ばん》を換えてみようか」

と言うと、課長は将棋盤を一八〇度回した。その時、梨絵子は再び、子供の頃の思い出がよみがえった。

妹——王様にげられなくなっちゃう。
兄——梨絵子、泣くなよ。分かった、じゃ、お兄ちゃんのと交換しよう。
そう言って、兄は将棋盤を半回転し、窮地に追い込まれた境遇を自ら買った。

盤を回した時、ぼんやりしていた梨絵子は、弾《はず》みで持っていた本を落としてしまった。

「あ、ごめん。本が落ちたよ。ん？　『聖書が解ると世界と未来が見えてくる』……か。ふーん。君、クリスチャン？」

「あ、すみません。いえ、クリスチャンではないですけれど、宇宙に生命を生み出したエネルギーみたいなものを神と呼ぶのなら、神は信じています」

「そう。実はこの本を書いた人は、僕の高校時代の社会科の先生でね、クリスチャンなんだ。おもろい先生で、放課後、生徒集めて、聖書研究会みたいなのやっていたんだ」

「えっ、そうだったんですか。偶然ですね。私、毎月この先生の本を講読しているんです」

人は駒のようだ――と梨絵子は思った。自分は二次元の駒だけの存在だと思っていると、移動する意味が分からないが、指し手と同次元にまで意識を引き上げると、それが理解できるようになる。人と神の関係もまた、そのようなものかもしれない。

梅雨の晴れ間の日差しは、すでに初夏の気配が感じられた。

お昼休みの終わりであり、仕事の始まりであるチャイムが鳴った。

「では、またお昼休みに遊びにきます」

「ああ、いいよ。いらっしゃい」


次の日の昼休み、駒の音が響き出すと、梨絵子は落ち着かなくなった。幼い頃の思い出が梨絵子を引き寄せるのか、人には聞こえない犬笛に反応する犬のように、駒音が聞こえてくると、身体の血が騒いでくるのだった。

今日は、課長は昨日とは違う人と対局していた。やや年配で、落ち着いた感じの人だった。

「おじゃまします」

なんとなく張り詰めたような緊張感があり、梨絵子は無言のまま盤面《ばんめん》の対話を見ていた。昨日の対局より盤面のレベルは上のようで、内容は高度のように感じた。

「お、やっているな」

昼食をすませた社員が何人か見学に来た。すると今までの張り詰めていた雰囲気が、多少和らいできた。

「あなたも将棋できるんですか?」

その中のひとりが声をかけてきた。派遣の仕事で精神面で不安に思うことは、仕事そのものを覚えるということ以前に、そこの社員やスタッフと早くなじめるかどうか、というところにある。周りの人と相性がいいと残業もさほど苦にはならないが、うまくコミュニケーションがとれないと、どんなに環境に恵まれても息苦しくなってしまう。その点、将棋という趣味を持っていたおかげで、自己紹介とか堅苦しい手順を踏まずに、将棋仲間というお友達がすぐ見つかるというのは特権だった。

「はい。でも駒の動かし方を知っている程度ですけれど」

「今度彼女に相手をしてもらうといいよ。なかなかいい勝負になるよ」

課長は、梨絵子に声をかけた社員に、からかうように言った。課長たちは、一手一手長考《ちょうこう》が続いていた。

「このふたりがやっていると、何考えてんだか分からなくて、ついていけない」

「どんな手を考えているのか、数手先のパターンをディスプレイみたいなものに表示して、解説してくれるといいですね」

静寂の世界の中では、おしゃべりは失礼に当たると頑《かたくな》に思い込んでいた梨絵子は、沈黙を破ることに何の畏怖感も持たない元気な若い社員たちにつられて、考えていたことを口にすることができた。

「将棋はルールがちょっとな……。パス一回とかできればいいのにな」

ガキ大将を連想させる元気な社員が言った。

「それで終盤《しゅうばん》になって、王様が危なくなってきたら、さっきのパスした分として二回続けてできるとか」

「そう、そう。それいいね。それで端に追いやられたら、ロープ、ロープと言って、逃げちゃったりとかね。よーし、みんなー、回り将棋やろうぜ」

ガキ大将が子分をぞろぞろと引き連れて、回り将棋を始めた。再び静寂がもどった頃、課長の対局の勝負がついたらしかった。最後まで指さなくても、分かるらしい。課長は不利な局面《きょくめん》になっても冷静な態度は変わらず、平然と煙草をふかしていた。

「もう一局やるには時間がないな。じゃ今の最初からやってみましょう」

課長はそう言うと、ふたりは駒を初めの位置に並びかえて、今の勝負を再現し始めた。テレビでプロの人がやっているのは見たことはあるが、会社で見たのは初めてだった。

「今の全部、初めから覚えているんですか？　すごいですね」

「え？　ああ、なんとなく覚えているものだよ」

梨絵子にとっては、指した手の記憶力の良さに、すごい驚きを感じたが、ふたりは日常茶飯事のように検討し始めた。

「ああ、ここんとこで、こないしたら、どうやったかな」

「ええ、そうですね。やっぱり、こっちやったかな」

年配の人の指摘に課長は素直にうなずいていた。

「ここで、金《きん》が一枚あれば詰《つ》みやったんやけどな」

「そんなん言うてたら、誰かて勝つやがな」

人生も将棋のように、終わりの時が来たら振りかえることがあるのだろう。あの時の自分に戻って、こうしたらよかった、ああすればよかったのになあ……と。

よほど将棋が好きらしく、毎日のように課長はお昼のチャイムが鳴る前に姿を消して空いている社員食堂に行くので、梨絵子がお弁当を食べ終わって見に行く頃には、いつも対局が始まっていた。同じ局面というのはありえないので、毎日見ていても飽きなかった。真夏日が続く頃には、梨絵子はいつのまにかすっかり将棋ファンになっていた。学生の頃、先生が好きだとその先生が教える教科も好きになってくる現象に似ていた。そのかわり、課長の姿が朝から見えないと、なんとなく寂しかった。

「神谷さん、課長は午前中会議で、まだ長引いているみたいですよ」

課長と同じ課の新人女子社員が声をかけてきた。

「あ、そうですか。わざわざどうも……」

「あの、私も将棋覚えてみたいんですけれど、教えていただけますか？」

人なつこい笑顔で彼女は言った。

「ええ、いいわよ。将棋はどのくらい知っているの？」

「子供の頃、父にちょっと教わったんですけれど」

「じゃ、駒の動かし方は分かるのね」

「金と銀の動かし方が、たまにこんがらがるんです」

「金は、前と横とま後ろ、銀は前と斜め後ろ。これが最初の駒の位置。そうね、まず考え方としては、王様は社長ね。で、金や銀は、参事や秘書や経理担当者といったところかな。この三人で王様の周りをがっちりガードしてあげること。飛《ひ》車《しゃ》や角《かく》は、営業マンってとこかな。通り道を開けてあげて、なるべく自由に動けるようにするの。相手はライバル会社とでも考えればいいかな。有能な人材をスカウトできそうなチャンスがあったら、すかさず自分の駒とトレードして、最終的には自分の王様がとられる前に、相手の王様をのっとること」

盤に駒を並べながら、説明し始めた。

「おいおい、随分ぶっそうな将棋講座だな」

いつの間にか高木課長がニヤニヤしながら梨絵子の講義を聞いていた。

「あ、課長……」

「じゃ、神谷さん。駒の動かし方、暗記してきますから、また、教えてください」

と言うと、女子社員は、梨絵子にだけ見えるように冷やかすような表情をして、他の女子社員のところに、戻って行った。

トランプや麻雀《マージャン》は、相手が何を集めているのか分からない上、運とかツキが左右するので、常に強い人が勝つとは限らないが、将棋は、お互いの駒の動きが分かっていて、同じレベル同士でない場合は、勝敗はほとんど決まってしまう。このような点が、将棋は他のゲームと比べて、ギャンブル性の少ない所以《ゆえん》であろう。また、普段冗談ばかり言って皆を笑わせている人が、きめ細い手を指すと、その人の繊細な部分に触れたようで、今まではただの面白い人だったのに、本当はナーバスな人であることを発見することもある。この発見は、将棋という会話を通じてできるので、この特典を世の女性にも広めたいと思うのだが、チェスを知っている人は別だが、二十歳過ぎの女性が、駒の動かし方から覚えるのは少し難しいものがあるかもしれない。

「久しぶりにやろうか?」

「はい」

たばこを持った左手の薬指のリングが、なぜか孫悟空の頭の金の輪を連想させる——と、梨絵子は思った。どんなに飛び回っても、結局は奥様の手のひらの上。何回か対局を見ていると、あなたの手の内は分かる。８二に、王が移動し、７二銀と美濃囲《みのがこ》いのマイホームが完成すると、あとは心おきなく攻撃に専念する。私のほうは、しっかりガードしているつもりなのに、わずかなスキに忍びこまれてしまう。分かっているのにそれを拒む術《すべ》が分からない。いつのまにか先手を取られ、リードされて、強引に一枚一枚はずされ、剥がされていく……。

「平手《ひらて》で指しているのか。ちょっと、無理やろ」

いつ現れたのか、先日の年配の人が、ふたりの沈黙を破った。

「ええ。でも、課長はやさしいから、いつも角道《かくみち》の歩《ふ》をあけないんですよ」

「皮肉か、それは」

「えっ……、違いますよ」

梨絵子は、課長が自分の力にわざとハンデをつけて角道を通さないようにして、相手をしてくれていると思っていたのだった。

「あんた、今度プロの人と、指してみいへんか?」

年配の人が言った。

「とんでもありません。プロの人と指せるほどのものではありませんよ」

「僕らも毎月一回、教わっているんだ。そうだ、もしよかったら、来てみればいいよ」

昼休みの終わりと午後の仕事を告げるチャイムが鳴った。

「こわいお兄さん、いない?」

梨絵子は、年配の人がいなくなってから、いたずらっぽく、そっと課長に聞いてみた。終戦後、少しばかり自信を持っていた梨絵子の父が田舎から出てきたばかりの時に、縁台《えんだい》将棋を見ていて、簡単そうだったので、相手をしたらすっかりお小遣いを巻き上げられた、という話を聞いたことがあったので、プロというイメージにあまりいい印象はなかったからである。

「いないよ」

梨絵子の不安を察したかのように、課長はくすっと笑って言った。

「先生は、歴《れっき》とした将棋連盟の人なんや。たまにテレビに出てるけど。日曜の朝、テレビで将棋やってるやろ。あまり、見いへん？」

「その頃まだ寝てます」

「朝いうても、十時くらいやで」

「ええ、大抵お昼近くまで寝ています」

課長は一瞬おどけた顔をして笑った。

縁というのは不思議なものである。梨絵子はその時点まで、将棋は昼休みのひまつぶし程度の趣味でしかなく、仕事が終わってからもわざわざ指しに行くほど熱中してはいなかった。負けず嫌いの父は、その後二度と将棋はやらず、将棋を梨絵子に教えたのは、七つ違いの兄だった。

梨絵子の兄が大学生の頃は、ちょうど学生運動が盛んな時だった。暴力が嫌いな彼は、大学闘争が燃え上がる陰で、神の教えを布教している『摂理研究会』に入会し、時々、家に帰ってこないこともあった。次第に家に帰ってきたり、帰らない日が続いたりした。昭和四十二年七月、A新聞に『親泣かせの摂理運動』の記事が掲載され、一般世間に広く知られるようになった。それによって、それまでの家庭内での問題が、社会問題となり、出口の見えない不安をかかえた親族にとっては救いになった。だが、その信仰の信者たちにとっては悲劇の始まりとなった。

梨絵子は、高校受験を控えた中学時代のある授業中の場面を回想していた。

〔昭和四十三年〕

誰かが教室のドアをノックし、先生は教室の外に出て、何か話をしている。

その時少女は、石ノ森章太郎のマンガ『サイボーグ００９』の似顔絵を描いていた。このマンガは、それぞれ違う超能力を持った九人の平和戦士であるサイボーグマンたちが、互いに協力し合って悪の組織を相手に戦うというストーリーで、登場人物のキャラクター作りに、将棋がヒントになっていたらしい。

「神谷、ちょっと」

突然呼ばれた少女はあわてて教室の外に出た。それが、今までの平凡で平和な家庭にピリオドが打たれた瞬間だったとは、少女は思いもしなかった。

「君には、お兄さんがいたね？　今ね、学校に来て、君に面会させてくれ、と校長室にいるんだが、ちょっと様子がおかしいから、窓から確認してくれないか」

「？」

事情がよくのみ込めないでいると、やがて母も学校に来て、少女の兄はそのまま精神病院に入院した。病名は統合失調症だった。

「ノイローゼが昂じて、幻聴・幻覚の症状が出ています。残念ですが、息子さんは強度の統合失調症です」

ドクターは、そう言った。

精神の病は、何故おこるのだろうか――と、梨絵子は自問自答していた。カゼのウイルスがすべての人の体内に入っても、普段から健康管理に気を配っている人はカゼをひかないが、不摂生な人や先天的に免疫の弱い人は、菌に負けてしまってカゼをひいてしまうのと同じように、発病しやすい要素を持った人が、病気を促すような環境、あるいは状況におかれた時に、発病するのだろうか。けれど、精神の異常と正常の違いは、いったいどこで判断するのだろう。平気で悪事を働く者は病院の外にはうようよいる。かえって病院の中の人のほうが、繊細で気持ちに汚れがなく、欲や駆け引きがないからこそ、世の中の様々な悪に敏感に反応し、自分の中に閉じ籠もってしまったのではないだろうか……。

今でこそノイローゼという言葉は、サラリーマンの日常会話の中にも「仕事が忙しくてストレスが溜まってノイローゼになりそうだ」などと使われるが、四十年前は、まだ特別な原因不明の不治の精神の病というイメージが強かった。また、統合失調症は、現在では百人にひとりの割合で発症する、身近で誰でもがなりうる病気と認識されている。治療効果の高い薬も開発され、様々な社会支援により、八割の人が、入院せずに自立して生活している。

〝天才と狂人は紙一重〟と言ったのは、イタリアの精神医学者・ロンブローゾだった。常人には理解し難いイメージを、第三者にも理解できるように客観的に表現できる手段《すべ》を持ち合わせているかいないかの有無が、両者の分かれ目であろう。絵画などの芸術作品の文化創造と、心は深い密接な関係があるのだろう。

創作活動以外では、宗教者にも多分にその傾向はある。ところが、天才は生前に必ずしも認められるとは限らず、むしろ迫害されるケースが多い。毒杯をあおったソクラテス。イエス・キリストの愛も当時のユダヤ人に理解されず、使徒たちもまた多くの迫害にあった。だが、神の声を聞き、人々を覚醒する使命感に駆られた聖者がいたとしても、誰ひとり共鳴する者がいなければ、ただの幻覚・幻聴にすぎず、むしろ世間を騒がす危険思想もしくは革命思想、あるいは狂人の戯言《ざれごと》とみられるだけであろう。

〔昭和六十二年　初秋の頃〕

「ほら、ちゃんと聞いているの？　この間の社員旅行の時、今度麻雀を教えてくれって言うから、教えてやっているのに」

氷をつまんでグラスの中に入れながら、和田が言った。男のひとり住まいにしては部屋はきちんと整理されていた。和田はコンピューターの保守を担当しているグループのマネージャーで、たまにK社に様子を見に来ていた。梨絵子より一つ年上で、少々短気なところがあるが、スポーツマンタイプで後輩の面倒見もよく人望はあった。

当初、梨絵子は、和田と同じソフトウェア会社に入社したが、梨絵子の所属するインプット関連の部門は次第に採算が取れなくなってきたため、子会社化され、所属する社員は転籍を余儀なくされた。

秋の社内旅行の時に、宴会が終わったあと、将棋の相手をしてくれる人がいなかったので、今度は麻雀を覚えようかな、という浮気心が出てしまったのである。梨絵子は和田のことは一年ほど前から顔は知っていたが、ふたりだけで付き合うようになったのは、社内旅行から帰ってきてからだった。

「ふーん、聞いているよ。だけど役の種類がいっぱいあって、覚えきれないんだもの」

「だろうな。僕らなんかは学生の頃からやっているから、年季が違うからな」

「将棋だったら分かるんだけど。ほら、あのK社のユーザーの高木課長、〝歩《ふ》〟

の使い方が、とっても上手いのよ」

「ふーん。僕はあまり将棋は得意じゃないけれど、じゃ、今度教えてもらおうかな」

会話が途切れた時、不意に和田の手が梨絵子の髪に触れてきた。男と女がふたりきりで男のマンションに居れば当然おこりえる図であった。


夏の暑さから解放され、秋分が過ぎると、いつの間にかすっかり日足が短くなっていることに、梨絵子は気が付いた。一年中、冷暖房の効いたオフィスの中で仕事をしていると、そうした四季の微妙な変化を見逃しがちである。

「おまたせ。行こうか」

仕事が終わり、派遣スタッフの控室で待っていた梨絵子を、高木課長が迎えに来た。プロ棋士《きし》に指導対局をしてもらう日がきたのだった。場所は歩いて二〜三分のK社の寮で行われた。それほど広くない畳間のマンションで、大阪支店などから東京に来た人のための寮だった。梨絵子は課長から将棋部のマネージャーを紹介され、マネージャーと軽く一局指し始め、中盤《ちゅうばん》を過ぎた頃、棋士が到着した。

「先生、こちら新しい人ですけれど、よろしくお願いします。こちらは安永《やすえい》先生といって、将棋の女性教室などもやっておられるので、女性の扱いは慣れていらっしゃいますから」

マネージャーは笑いながら紹介した。

「彼女まだ定跡《じょうせき》も全然知らなくて、大体三級くらいやないかと思いますけど」

「では*二枚落《にまいお》ちから始めてみましょうか」

「ええ、そうですね」

課長は何回か対局した梨絵子の実力を判断し、先生に説明した。将棋盤は三台あって、いつもお昼休みに使っているような盤でなく、足のついた本格的な盤

＊「二枚落ち」……将棋では、あきらかに実力の差がある時は、強い人の駒をはずして少なくして、対局をします。このことを「駒落《こまお》ち」といいます。この場面は、先生が〝飛車《ひしゃ》〟と〝角《かく》〟の二枚をはずして対局します。

だった。先生と向かいあわせになり、梨絵子を真ん中にして左右に一人ずつ座ってそれぞれ指し始めた。同時三面指《どうじさんめんざ》しだった。まるで一台の端末マシンを三人が交互に使用しているような感じだ――と梨絵子は思った。だが、こういう感じ方は、職業病の一種だろうか？

三人の中で梨絵子が一番早く勝負がついてしまった。先生は他の二人と続行しながら、

「作戦がよくなかったね」

と言って、梨絵子の盤を初めの局面に戻し、二枚落ちの定跡の手順を丁寧に教え始めた。またひとり勝負がつくと、初めから展開していった。梨絵子はプロの棋士というのを見たのは初めてだったので、ただただ驚くことばかりだった。

夕方七時頃、休憩を兼ねて、出前を取って皆で食事をした。先生の対局試合やY新聞社の竜王戦《りゅうおうせん》のことが話題に上った。全員が指し終わったのは八時を回っていた。

「君、帰りはどっち方面やった？　大宮か、じゃ梶川《かじかわ》さんと一緒や。それじゃ気いつけて。先生、どうもありがとうございました」

マンションを出て十字路の道路に来ると、課長は笑顔で挨拶をし、梨絵子とは反対方面に帰って行った。

梶川はあまりに落ち着いているので、かなり年配の人かと想像していたが、話をしてみると梨絵子の兄より三～四歳上で、青春時代は学生運動の初期の頃だったという団塊の世代だった。

「カンバ　ミチコさんなんて、君ら知らんやろ」

私は兄の同世代の人と会って、何を知りたがっていたのだろう？　――と梨絵子は改めて思った。当時の模様だろうか、何が原因だったのかということだろうか、それとも学生運動に関して、今はどう感じているかを聞きたかったのだろうか？　しかし質問するからには、それなりの知識が聞く側になければならない。

結局、質問の言葉が何一つ梨絵子の口から出てはこなかった。

〔昭和六十三年一月〕

久し振りに和田に電話をしてみよう、と梨絵子は思い立った。年末年始の慌ただしさに紛れ、しばらく連絡を取り合っていなかったのである。彼は留守が多く、友人からクレームが付いたので留守番電話を入れていた。だが、梨絵子はこの留守番電話というものが、どうも苦手だった。特にたいした用事もない時は、なかなか言葉がスムーズに出てこないので、いつも一度下書きをしてから電話をするようにしていた。

「はい、和田です」

「あ、なんだ。メッセージが出ると思ったら本人が出た。どうも、神谷です。こんばんは」

「ああ、この間はどうも。どう、元気?」

生まれが京都の方らしく、アクセントが関西風だった。梨絵子は声だけ聞いていると、高木課長に何となく似ていると何気なく思った時、いつのまにか課長の存在が心の中にしっかり根をはっていることに気が付いた。

「うん、元気。最近仕事忙しい？」

「ああ、相変わらず平日はご存じのように残業だし、土曜日は会議だし、日曜日はユーザーとゴルフだし……来週の土曜日の午後からだったら空いている。そっちの都合はどう？」

「うん。空いている」

「午前中は本社で勉強会なんだ。車で行くから、終わったらドライブでもしよう」

「ええ、いいわ。じゃ……午後一時に……新宿西口のロータリーの所ね。うん、分かると思う。はい、ではまたね」

リーン。受話器を置いてしばらくすると、電話が鳴った。

「はい、神谷です」

「あ、もしもし、私。立花ですけれど、ね、今週の金曜日、ひま？」

「えーと、うん、予定はないけれど」

「あ、よかった。ねえ、たまにはディスコに行かない？」

女友達の立花とのつきあいは十余年になる。梨絵子が会社勤めする前に喫茶店でアルバイトをしていた時、たまたま冬休みの間だけバイトにきていた立花と知り合ったのがきっかけで、彼女のアパートに遊びに行ったり、一緒に旅行したりしていた。

立花はあるスポーツ新聞社のタイピストで、行動的な見るからにキャリア・ウーマンといったタイプで、思索タイプの梨絵子とは対照的であった。二人が知り合ったのは、ちょうど梨絵子の兄が他界したばかりの頃で、どちらかというと梨絵子のほうが、心霊とかあの世のことなどを真剣に考えていたのだが、いつのまにか立花のほうがインドに旅行したり、宗教にのめりこんだりしていた。今はキリスト教と神道と仏教をミックスしたような『愛和会』という宗教法人の会員になっている。彼女に勧められるままに梨絵子も入会したのは、K社に派遣される二ヶ月前だったので、高木課長との出会い――に、梨絵子というK社に送り込んだ神の御手のようなものが働いていると感じざるを得なかった。

金曜日、仕事を終えた梨絵子と立花は喫茶店で食事をして時間をつぶした。他のふたりとは、直接六本木のディスコで待ち合わせしたようだった。ひとりは愛和会の会員で漫画家の女性、もうひとりは中学生ぐらいのお子さんがいそうな、中年の太った男の人だった。

「こちら化粧品関係の美容教室の先生、こちらは友人の漫画家の三田さん。OLの神谷さん」

立花は簡単に三人を紹介した。

店内は、大声でないと聞こえないくらいの音量のディスコ音楽が流れていた。

梨絵子はコートとバッグを預けると、他のふたりとは挨拶もそこそこに、立花に促されるままにダンスフロアに向かった。梨絵子はディスコで、見様見真似《みようみまね》で〝ジルバ〟を覚えた。子供の頃〝ツイスト〟が流行《はや》っていた時代があったが、ペアを組んで踊ったのは、初めてだった。

急に、静かなバラード調の曲が流れてきた。ディスコの休憩タイムである。梨絵子はその曲を初めは外国の曲だと思っていたが、のちに日本人が作曲した曲であることを知った。何組かのカップルが〝チークダンス〟を踊り始めた。梨絵子たちは、カウンターに行って、飲み物を注文した。ひと息つくと、再びディスコ音楽が始まり、四人は午後十一時くらいまで踊っていた。

梨絵子の派遣元の会社は、新宿にあった。日頃は、それぞれの派遣先で仕事をしている社員たちが、時々は一堂に集まれるように、会社はいろいろな行事や催し物などを企画していた。そのあとで、さらに親睦を深めるために『クレイジー・

ホース』というディスコのお店に流れていくこともあった。

翌週の土曜日の午後、梨絵子は新宿の待ち合わせ場所で、ふとそんなことを思い出した。

久し振りの和田とのデートだったが、梨絵子はなぜかあまり浮き浮きした気分になれなかった。会いたいと思っている時が一番幸せで、当日になると何となく億劫になってしまうのは、そんなに好きではないということなのだろうか。それとも迷いがあるからなのだろうか？　けれど車の振動は身体に適当な心地好い刺激を与え、雑念を遠くに追いやっていった。

「どこ行きたい？」

「そうね、どこか景色のきれいな所がいいな」

「じゃ、富士五湖のほうにでも行ってみようか」

走り慣れた感じで車は流れて行った。

「この前の社員旅行の時にいた、阿部さん、覚えている？」

適当な共通する話題が思い浮かばなかったので、梨絵子は二人が知っている社員の話を持ち出した。

「阿部さん？　ああ、ぽっちゃりしたかわいい女の子だろう。その子がどうしたの？」

「旅行のあと、新規の派遣先に、チーフとして移動になったんだけど、彼女、今度結婚するんだって」

「へーえ、そうなんだ。この間はそんな話全然なかったのに。で、相手の人は？」

「私も会ったことはないんだけど、多分同じ宗教のＳ会の人だと思う。彼女、熱心に信仰しているから」

阿部はＫ社に端末マシンのキーパンチャーとして派遣されていた。今年二十七歳だが、年齢よりも若く見えた。二十三〜二十五歳くらいの他の年下のスタッフとは、ミュージシャンや映画の話などそれなりに楽しそうにおしゃべりしていたが、七つも年上の梨絵子とは、人生哲学（？）のような会話をすることもあった。

よくよく聞いてみると、彼女はS会という宗教団体に所属していた。

「へーえ、阿部さんがS会の人だったなんて知らなかったな。……僕もそうなんだ」

「えっ、本当？　けっこう入っている人多いのね」

「ベッドの脇に小さい仏壇があったの気が付かなかった？　おばが置いていったんだ」

「全然気が付かなかった。じゃ、家族の方も入っていらっしゃるのね」

「僕はあまり熱心じゃないけれどね。宗教ってのや、予言ってのには、あまりのめりこまないほうがいいよ。……前に付き合っていた女の子がいてね、でも家の人がS会は嫌いだからだめだって言われて、反対されて別れたことがあったんだ。――だけど宗教なんてそんなに関係ないと思うけどね」

「そうね。でもS会の人が家に出入りしたり、集会にも出席したりするから、全く無関係というわけにもいかないんじゃないかな」

梨絵子は阿部と付き合っていた会社の男の人を知っていた。システムエンジニアとしてＫ社に派遣されていて、高木課長の指揮下で仕事をしていた。社員旅行にも来ていたが、余計なことは言わなかった。

彼は阿部を愛してはいたが、やはりＳ会のことが引っ掛かっていた。Ｓ会を理解しようとＳ会の発行している本も読んでみたが、共鳴できないことが分かると、ますます板ばさみになった。彼が長男で、阿部が一人娘、ということも拍車をかけた。彼がジレンマに陥って音信が途切れた時、そうとは知らず、嫌われたと誤解した阿部は、電撃的に結婚を決めたのだった。急とはいえ、Ｓ会を通じて顔見知りであった二人にとっては、それはそれで自然な一本の流れであった。

だが、梨絵子は阿部に誘われてＳ会の集会に行ったことはあるが、自分に向かないものを感じたので、会社の男の人の気持ちも、また、梨絵子自身信仰を持つ者として、阿部の悲しい気持ちも、理解できた。

「休憩していこうか？」

ドライブのあと、何の抵抗もなく車はモーテルに吸い込まれて行った。

「疲れた？」

「ううん。それほど疲れていない」

梨絵子は、口数の少なくなった自分に、和田が多少苛立ちを覚えたような、気配を感じた。

家庭内の細々とした仕事が好きで、生き甲斐になりうるタイプの女性なら、結婚が、生涯の幸せになるのだろうが、独り暮らしの気ままさにすっかり慣れてしまったせいか、梨絵子はそれらが苦手だった。また、自分の空間に他人を入れることが、億劫になっていた。男を愛するということと、その男の身の回りの世話をするということが、何故一致しなければいけないのだろう。妻は召し使いかお手伝いではないはずだが、男は大抵、朝起きたら味噌汁のにおいがして、きれいに掃除をしてくれて、自分に尽してくれる女性が、理想なのだ。それでも人生の価値観や趣味が一致すれば、なんとか乗り越えられるのかもしれない――と梨絵子は思った。

「何しようか」

戯れるように和田は言った。

「じゃ……、将棋しよう。ね、ね」

駄々っ子がおねだりするように梨絵子は言い返した。

「えっ……。こんなところに将棋持ってきたの？」

「だってこの間、今度、将棋を教えてもらおうかなって、言っていたじゃない」

和田は面食らったように言ったが、梨絵子の携帯用のマグネットの将棋に付き合った。和田は全くの自己流の速攻型で、駒組みに手間取っていた梨絵子は、あっという間に負けてしまった。彼の負けまいとする気負いが感じられ、将棋を無言の会話として楽しむゆとりはなかった。定跡を研究為尽《しつく》した実力のある人と対局すると、こちらの出方をじっくり観察する余裕が相手にあるので勉強になるのだが、ただ勝敗のみにこだわる人との対局はなぜか疲れる。そんなものを勝負の厳しいゲームに求めるのは、甘えなのかもしれないが、梨絵子は、先に男性が達してしまって、エクスタシーを得られぬまま取り残された女性のような、不完全燃焼の気持ちだった。もっと時間をかけてゆっくりていねいに進めて、終わったあとも余韻をもたせて欲しいのに……。

「勝ったね」

「えーん。負けてしまった」

「次に何しようか」

「ウイスキーは車だから駄目だし、あっ、カラオケセットがある。じゃ、一曲……」

「もうー、なーに言ってんだよ」

と言うのと同時に男の手が伸びてきた。

「これから、長くつきあっていこう」

和田は梨絵子の耳にささやいた。

年が明けて二週間もたつと、やっと仕事の調子が出てきて、日常生活のリズムが戻ってきた。相変わらず高木課長は、毎日のようにお昼休みに将棋を指していた。

「やあ、この間の安永先生の指導対局、どうだった？」

高木課長は将棋の相手がいないと、まるで近所の子供が遊びに誘うように、梨絵子を将棋に誘った。この少年っぽさが、女子社員に人気があった。

「三人と同時に指し始めたので、初めびっくりしました。まるで端末マシンみたい」

「……やろうか」

お気に入りの玩具を買ってもらった時の男の子の笑顔だった。

「あ、できたら、二枚落ちでやって欲しい」

「いいよ。落とす側の定跡あんまり知らないから、先生のようにはうまく指せへんと思うけど」

梨絵子はせっかくプロの人に教えてもらえる機会に恵まれたのに、あまりにも下手すぎると失礼だと思って、駒落《こまお》ちの勉強をしていた。

二枚落ちの定跡は、「銀多伝《ぎんたでん》」「３八飛戦法《さんはちひせんぽう》」などがある。強い人にハンデをつけて、大駒《おおごま》（角や飛車）などを落として（最初から最後までその駒を使用しないこと）対局してもらうほうが、いつも同じレベル同士で対局しているよりは、実力は付いてくる。将棋は、このような強い人にハンデをつけるルールがあるので、実力のレベルに差があっても、楽しめるゲームなのである。

高木課長は、相変わらず冷静な態度で、たばこをふかしていた。その冷静さを失わせ困らせるほど、対等に戦えるようになるには、かなりかかりそうだ——と、梨絵子は思った。

「ふーん。ここらへんの手順までは、本か何かに書いてあるんやろ。自分で考えなあかん局面に出くわすと、段々レスポンスが遅くなるんやな」

「……分かります?」

「いや、きっと、きのうのデートの彼のことでも考えているんですよ」

見学者の発想に、梨絵子は思わず吹き出してしまった。暗記した手順の所まではスムーズに駒は動いていたが、本に指示のない手を指してこられると長考せざるを得ないので、既に二枚落ちは卒業している課長には、梨絵子の考えている事はすべて見通されていた。


二月の対局指導の日がきた。梨絵子は控室で課長が迎えに来るのを待っていた。なぜか和田と一緒にいる時より胸が高まるのを感じた。

「やあ、おまたせ。行こうか」

「はい」

エレベーターの所に行き掛けた時、システム室をちょっと覗いた課長は、そのましばらく出てこなかった。梨絵子は課長に読んでもらいたい本を持っていたので、待っていた。

「あ、ごめん、ごめん。場所知っているから、もう先に行ったかと思った」

「課長、この本お読みになりました？」

「なに？　将棋の本？」

「それじゃ、釈迦に説法になってしまいますよ。いいえ、課長の高校時代の先生の本ですけれど、K社のこともちょっと書かれていました」

「この前持っていた本？　ああ、となりの課に中橋というのがいて、彼、クリスチャンでね、貸してくれたんで読んでみた。こっちのは読んでいないけれど……。せっかく持ってきてくれて悪いから、じゃ借りとく」

課長は、宗教には関心はなかったが、高校時代の先生の出した本ということで、読んでみる気になったようだった。

「この間、食事会のあと、中橋さんにお話伺いました。奥様がクリスチャンだったので、同じ価値観を持つために、ご自分もクリスチャンになられた、とおっしゃっていました」

愛和会の集会にも、夫婦で出席している人たちがいて、共通の精神的基盤を持っているというところが、梨絵子は羨ましいと思った。子供が手を離れる頃には、夫は会社人間となり、家に帰っても、「めし、風呂、寝る」だけしか言わない、気持ちのすれ違った夫婦は世間にはいくらでもいる。

「ああ、そうらしいな。そやけど収入か手取りかの一割、教会に収めるんで、しんどい言うてたな」

「収入の一割ですか？　大きいですね。それじゃあ、なかなかクリスチャン人口は増えないわけですね」

保険なら掛け捨てでなければ満期になれば戻ってくるが、信仰の場合は、御利益がなかった時、文句を言っても信心が足りないからだ、と言われるのが落ちで、しかも組合のような、取締役に異議申し立てのできる機関はない。あるとすれば、反逆者あるいは裏切り者扱い覚悟で、裁判沙汰になるしかないであろう。信仰に関心のない人は、そういったいざこざを醒めた目で見ていて、触らぬ神に祟《たた》りなし、の格言通り、あまり宗教には深入りしないほうがいい、ということになってしまうのだろう。

「ああ、そういえば、うちの課の河合さんもクリスチャンや言うてたな」

「えっ、この間、将棋覚えたいって言っていた女の子ですか？」

「君と話合うかもしれへんな」

「さあ、どうでしょうね。正統派クリスチャンは、あまり私みたいなSF的な自由な発想はしないで、教義をそのまま信じていますからね」

「高木君、三月の第一週の日曜日、大丈夫？」

「え？　ああ、職団戦《しょくだんせん》か。今のところ平気やと思う」

マネージャーが課長に、日にちの確認をした。武道館で年に二回、職場対抗試合が行われるのであった。五人で一チームなので、K社はギリギリの人数だった。

「よかったら、あなたも見学に来てみませんか?」

マネージャーは梨絵子に入場券を渡した。

「ま、入場券なくても、ちょっと遅く来れば自由に入れるけどな。あまり早く来てもしょうもないやろ」

梶川はいつもの関西なまりで言った。試合に備えて、梨絵子以外の人たちは、平手で指導対局を受けていた。自信を付けさせるために、先生は御負《おま》けして、わざと負けることもあった。先生に勝った勢いで、試合にも勝つことがあるからだ。

安永先生は落ち着いた物腰で、穏やかな人柄という印象を与えた。だが、盤上では、熱帯低気圧の嵐のように、あるいは、体外から侵入した細菌が防壁を破り、身体の組織を攻撃し始めるかのように、じわじわと押し寄せてくる。

先生は、帰りは梶川や梨絵子たちと駅まで同じ方面だった。先生は梨絵子に言った。

「今年の秋頃、アマチュア女性の将棋の全国大会があるんですが、よかったら参加してみませんか」

「はい。でも、ちょっとこわい気もします」

いつもは手加減してくれているが、他流試合となると、皆、手心なしで挑んでくるだろう。

帰りの電車の中で、梨絵子は梶川を相手におしゃべりを始めた。ことばの端々に皮肉っぽさを含ませる梶川に、梨絵子はかえって気安さを感じた。

「あの世にも、将棋あると思います？」

「なんや、まだ若いのに、そんなこと考えてんのんか」

「うん。この世とあの世を通信できるようにオンラインでつないで、対局できたら面白いだろうなって思って。それに羽生《はぶ》君たち十代の棋士の活躍すごいでしょう？　あの子たちは前世でも将棋やっていたんじゃないかなって思うの。亡くなられた芹沢《せりざわ》棋士も、今頃やっているかしら？」

「ああ、あればやってるやろな」

梶川は取り留めのない梨絵子の空想に、呆れた顔もせずに付き合っていた。

おそらく私も駒音が響いてくれれば、飛んでいくだろう——と、梨絵子は思った。

「人生は将棋と一緒で持ち時間が限られているんやから、生きているうちに、何でも好きな事やったらいい」


立花から電話があった。不思議と、どうしているかな、と思うと、彼女のほうから連絡が入るのだった。この間、ディスコに行った美容教室の先生の所へ、付き合ってくれ、という内容だった。教室は四谷のマンションにあった。

「先生こんにちは。はい、差し入れ」

立花は常連の生徒らしく、遠慮のない仕草だった。

「いらっしゃい。気を使わなくていいって言っているのに。でも、ありがと」

「お約束どおり、彼女つれて来たわよ。でも彼女、ボーイフレンドいるみたいよ」

「ま、いいさ。じゃ、神谷さん、アンケートに記入して。生年月日と、今使っている化粧品と、あと肌のトラブルで治したいところ」

美容教室では、まず化粧落としから始まり、洗顔、パック、マッサージ、メイクアップまで、丁寧に指導していった。

「先生。リュウザキとお読みするんですか？　めずらしい名字ですね。……龍崎……」

手渡された名刺を見て、梨絵子は言った。

「アダムとエバが誕生する前からある名前だよ」

「え？　何ですか、それ」

「知らないの？　ドラゴンだよ。エバを誘惑した天使が、神様に姿を変えさせられた、お伽噺」

「いやだ、先生、それ聖書に書かれている話で、お伽噺とは違いますよ。やーね。先生はね、無神論者なのよ」

立花は梨絵子に説明した。

「神谷さんも、立花さんと同じとこ行ってるの？　まったく、神様なんかいるわけないでしょ。七日間で、いったいどうやって、世界ができるの。実際は何億年もかかってできたんだよ。エバがアダムの肋骨《ろっこつ》からできたなんて、君ら屈辱的だとは思わないの？　女性の能力ってのは、すごいものがあるんだよ」

「はいはい、先生、分かった。彼女、初めて来たのに、急にそんなこと言われてもびっくりするだけよ。今度ね、先生と、神はいるかいないかについて、論争する約束したの。で、今、資料を集めているところなの」

「こっちは地質学から、古代文献から、資料は揃っていて、態勢はできているから、いつでもいらっしゃいって、言っているのに」

「でも、どのようなものを神と定義するかによっても、違ってくるんじゃないの？　みんなそれぞれ自分の概念で、神というものをとらえているから」

「そうなると、話は込み入ってくるね。ま、いいか。ところで神谷さん、将棋できるんだって?」

　話題が神様から突然将棋になったので、梨絵子はちょっと戸惑った。

「前から立花さんに、将棋のできる子と、カラオケの好きな子を紹介してくれって、頼んでいたんだ」

「先生は現在独身なのよ。元奥さんや子供は近くに住んでいるんだけど、誘惑されないように気を付けなさいね」

　龍崎が将棋盤を取りに席を外した時、立花は言った。あまり広くないマンションなので、龍崎にも聞こえていた。龍崎はよくしゃべる男だった。女性相手の仕事をしているので、時々面白半分に、語尾に女性言葉を使った。月に一回プロ棋士の指導を受けており、アマチュア四段の実力があった。しろうとで二枚落ちの相手をしてくれる人などそう簡単に見つかるものではないのだが、不思議と違和感はなかった。

　梨絵子は二〜三度、立花と曜日を合わせて通っていたが、龍崎と梨絵子が将棋に夢中になってくると、将棋の分からない立花は、なんとなく面白くなさそうだった。だんだん仕事などの関係で日が合わなくなると、梨絵子は自分の都合のいい日を選んで、龍崎の所へ週一回将棋をやりに行った。梨絵子は安永先生との指導対局の棋譜《きふ》を毎回とっているので、それを再現すると、龍崎はいろいろな変化の対応策を一緒になって、考えてくれた。

「リーちゃんは、将棋のすじがいいね。一度指した局面はちゃんとポイントを掴んでいるし。僕なんか将棋をやり始めるのが遅かったから、定跡を覚えるだけでもたいへんだったんだよ」

「……そう」

「もう、負けそうだから気を散らそうとしてわざと話しかけているのに、そんなに真剣に考えないの」

「……」

「でも本当だよ。小さい頃からちゃんとした人に指導してもらっていれば、かなり伸びただろうに」

龍崎は梨絵子をリーちゃんと呼ぶようになった。子供の頃はよくそう呼ばれていたが、今ではそう呼ばれることはなかったので、くすぐったい気持ちだった。初めは、ワンマンで自己中心的な人だと思ったが、ただの自分勝手な我が儘《まま》ではないと思うようになった。ふと、梨絵子は龍崎のような人が父親だったら、兄ももっと違った生き方ができたような気がした。

「へへ……、王手《おうて》」

「うーん、気付かれてしまったか。くやし〜い。よしもう一回」

龍崎は子供のように口惜しがり、駒を初めの位置に並べ始めた。彼は梨絵子の負けず嫌いな性格をよく見抜いていた。そして上手に梨絵子を勝たせていた。時間が経つのが早かった。梨絵子は龍崎といると楽しかった。年がひと回り離れており、龍崎の長女の年と梨絵子の年もちょうどひと回り違っていた。龍崎は結婚が早かったらしく、梨絵子が想像していたよりは、子供はかなり大きかった。梨絵子とひと回り違う昭和四十年代生まれの女子社員も会社にはいるので、龍崎のことは異性というよりは父親に近い存在のように思っていた。

武道館で行われる棋戦《きせん》（将棋の団体戦）の時に着ていく適当な服がなかったので、梨絵子はショッピングに出かけた。K社のシンボルカラーである黄色の服を探し求めた。まちがってもK社のライバル会社のシンボルカラーの緑色の服は着ては行けないと思った。でも、こんなにまで気を使っている乙女心を高木課長は気付きもしないだろうな、と思うと、われながらいじらしくなった。

三月の第一週の日曜日、あの広い武道館に、よくもまあこれほど将棋好きの人が集まったと感心するほど、人があふれていた。一回戦は勝ち抜いた。

二回戦目の相手チームは、かつて梨絵子が入社してすぐに辞令を受けて派遣された、商社のC会社だった。C社は、社員がストライキ決行中の間も、コンピューター処理を稼働させるために、外部の派遣社員の活用を試みていた。当初、梨絵子はひとりで、C社の社員と一緒にデータ入力をしていたが、派遣社員の人数が揃うと、情報処理関係の仕事はすべて、梨絵子の派遣元のソフトウェア会社に任されることになった。

「あの、すみません、C社の方ですか？」

「はい。あ、やっぱり、神谷さんか」

「あ、やっぱり、水嶋さん？　さっきから似たような人だなと思っていたんですけれど」

「えー、偶然だな。元気だった？」

「ええ、御陰様で。皆さんも、お変わりありませんか？」

「うん。相変わらずだよ。僕ね、最近また元の部署に戻ったんだ」

七年振りぐらいだった。梨絵子がC社に配属されてしばらくすると、水嶋は他の課に異動したが、グループでスキーなどに行った晩など、よく将棋の相手をしてもらっていた。C社の課長もわりと将棋が好きなほうで、お昼休みなど遊んでもらっていた。今は部長になっていて、当時、組合の委員長をやっていた人が、課長になっているらしかった。C社はK社のすぐ近くにあった。

二回戦目は負けてしまったので、もらったお弁当を食べ終わるとそれぞれ帰って行った。高木課長に梨絵子は参加賞の将棋の駒のキーホルダーを貰った。

会社の将棋人口は、トップの影響が大きい。上の人が将棋に理解があると予算も多く取れたり、いろいろ便宜を図れるので、大学の後輩を会社に引っ張ってきたりして層が厚くなり、強い人も多くなってくる。

梨絵子は将棋の他に、ユダヤ人の歴史に関心があり、時々聖書を読んでいた。仕事柄、会社から会社へ横に動いているので、国から国へ移動していく彼らに、なんとなく共鳴するものがあったのであろう。なぜ二千年もの長い間国を持たずにいながら、その土地の人々に同化することなく、民族性を持ち続けることができたのだろうか。また、なにゆえに、アインシュタインや、マルクス、フロイト、ハイネ、ジイドなど優れた人物を世に送り出した民族が、アウシュビッツのような迫害の歴史を綴らねばならなかったのだろうか。おそらくそれを解く鍵は、彼らの心の糧である聖書の中に示されているのであろう。

将棋のルーツを辿るとインドが発祥の地らしい。それが西欧に伝わりチェスとなり、東洋に伝わると将棋になった。日本に渡ったのは、奈良時代から平安時代の間で、遣唐使が中国（当時は唐の時代）から持ってきたといわれている。因《ちな》みに、中国では「将棋」とは書かずに「象棋《しょうぎ》」と書いている。将棋はとった駒を自分の駒として使えるという独特のルールを採用した（室町時代の末頃）ことにより、より高度なゲームになったといえるだろう。コンピューターゲームでも、チェスなどは比較的早く誕生したが、将棋は再入力できる分だけパターンが増え、それの開発を難しいものにしていた。戦後、捕虜を使うとはけしからんということで、将棋が禁止された時代があったそうだが、人々の意識がゲームの性格――チェスと将棋の違いによく表されている。西欧は聖書の影響をかなり受けているので、神の命令により、敵は悪（サタン）だからすべて滅ぼすか、奴隷にしてしまうが、日本の戦国時代の場合は、かつては敵の家来であっても、使えそうな人物であると見込めば、自分の家来として採用してしまうこともあった。駒の再利用である。

また、西欧社会の労働者は永遠に労働者であり、資本家もまたそうである。ヨーロッパ諸国の労働組合は、職業別独占の中世ギルドから発達したゆえに、それは職業別に形成されており、産業別組合であるので横のつながりが強い。ところが日本の場合は、共同体の特徴である年功序列・終身雇用制度などがあり、会社あっての組合という企業別組合になりがちである。したがって、組合委員長や専従役員が職場復帰すると、その手腕を買われて管理職につく場合があっても、不思議ではない。

使い方の上手な指し手にめぐりあった駒は駒冥利《みょうり》（？）につきるであろう。

情報処理関係の仕事は長時間労働だった。残業時間が月四十時間というのはざらにある。まるで母子家庭よ、と社内結婚した梨絵子の同僚は言っていた。結婚後も仕事を続けたいという彼女の夢は、ハネムーン・ベビーの誕生とともに消え去ってしまった。梨絵子も丁度仕事が面白くなってきたところだったので、家で夫を待つ生活より、仕事を共有したかった。

イエスたちが、旅を続けている途中の村で、マルタとマリアという姉妹がいるところに立ち寄った話がある。マルタが接待に必死であるのをよそに、キリストの話を聞き入っているマリア。「妹にも手伝いをするように言って欲しい」とマルタがイエスに願ったところ、イエスは「あなたは多くのことに心を配っている。しかし本当に必要なものは一つしかない。マリアはそれを選んだ」と答えて言われたという。

だが、ほとんどの男性はマルタのような気配りを女性に望む。植物のように栄養素を直接吸収できたらいいのに、と梨絵子は思うのだったが、仕事に行き詰まると、白旗を上げて専業主婦の座に逃避したくなってしまうのだった。

和田の帰宅はいつも十一時を回っていた。仕事先から女に電話をするような人ではなかったので、必然的に梨絵子のほうから電話をするようになった。

「はい、和田です」

「こんばんは、神谷です。今日は珍しく早いのね」

「うん、たまには早く帰らないと身体がもたないもん」

「あのね、観たい映画があるんだけれど、一緒に観たいなと思って」

電話の向こうの部屋に、誰かいるような気配がした。

「誰か、お客様がいらっしゃるの?」

「ああ、ちょっとね。例のS会の人だけど、田舎から出て来たんで挨拶にきているんだ」

「じゃ、あまり長話してたら、悪いわね」

「ああ、ごめん。またこっちから電話する」

どのタイミングをみて、兄の自死のことと、子供を持つことの不安を打ち明ければいいのだろうか——映画を観たあと、和田のマンションでひとときを過ごした梨絵子は思った。

梨絵子は仲間たちとのおしゃべりで、兄弟・姉妹の話題になった時には、兄は事故で亡くなったことにしていた。

兄の死後、今度は、梨絵子の母親の精神に異常の兆候が表れ、入院した。入院先で母は自殺を図ったが、病院側の発見が早かったため、幸い一命は取り留めた。

(——わたしが、生まれてこなければ、よかった……)

母の悲痛な心の叫びを聴いた梨絵子は、自分が子供を産み、育てるということに、臆病になっていた。

恋愛の時は、ふたりが楽しければそれで充分であるが、結婚となるとそうもいかない。そのことが、和田とデートを重ねるごとに、梨絵子を億劫な気分にさせた。和田には、私よりも、もっとふさわしい相手がいるかもしれない――と思うと、結婚に向けて歩を進めるということが、なかなかできなかった。

阿部の結婚式は六月だった。やはりS会色の濃い親戚挨拶や友人挨拶が続く式だった。梨絵子はS会とは微妙な波動の違いのようなものを感じて馴染めなかったが、その環境の中で生まれ育った彼女にとっては、空気のように自然で安心できるのであろう。

新郎側の会社の上司の挨拶があった。

「……であります。またわが社は独身男性が多く、家庭の味に飢えていますので、おふたりの新家庭にお邪魔しました時は、奥様の心のこもった手作りのお持てなしをしていただければ、奥様のファンが増え、ひいては○○君の株も上がる次第でございますので、よろしくお願い致します」

ふと和田の姿を見たような気がした。が、ただの錯覚であった。

いろいろな可能性を持った指し方は何通りもあるが、選択できる手は、一手である。だが一度着手した手に待った、はできぬ。


話は少し遡《さかのぼ》るが、三月の半《なか》ば頃、梨絵子は美容教室に予約を入れ、いつものように安永先生との棋譜ノートを持って出かけた。

「この間の職団戦、見に行ったんだろう？　どうだった？」

「うん。二回戦で負けてしまった。偶然知っている人が相手チームにいてびっくりした」

週休二日制が会社に定着しつつあるのか、土曜日の午後の美容教室に、会社帰りのＯＬの生徒の数は少なかった。予約制なので、三時以降に生徒が来ない時は、梨絵子は龍崎とふたりっきりで、将棋を指していた。

「週休二日っていっても、その分平日の勤務時間に振り分けているから、結局労働時間は変わっていないんだ」

「そうか、労働時間そのものの短縮にはなっていないんだ」

「どう？　最近、彼とうまくいっている？」

「……急になぜ聞くの？」

「いや、別に。リーちゃんはふたつの事いっぺんに考えられないから、少し動揺させて、混乱させようと思っているだけさ。月にどのくらい会っているの？」

「……一回くらいかな」

「君たち本当に愛し合っているの？　好きになったら毎日でも会いたくなるものだよ。うん、恋愛のことなら任せなさい。これでも大学時代、心理学勉強してカウンセリングもやっていたんだから」

「あまり真剣に話し合ったりしたことないの」

「けんかはしたことある？」

「ううん。一度もない」

「だめだよ、結婚する前にけんかぐらいしとかなくちゃ。で、怒った時、相手はどんな態度をとるか、どこらへんで仲直りすればいいかの呼吸をつかんどかないと。ぶつかって初めて本当の相手の姿が分かるんだよ。ただお茶飲んで、映画観るだけじゃなく、よーく相手の性格を見抜かなくちゃ」

もっともなことだ、と梨絵子は思った。だが、梨絵子自身、それほど和田を欲していないのかもしれない。

「僕はリーちゃんが好きだから、リーちゃんが何を考えているのか、知りたいんだ」

うすうすは龍崎の思いに気付いていたが、はっきり言葉に出して言われたのは初めてだった。

「やだ、先生は妻帯者じゃない」

「戸籍上は、独身だよ。妻とは協議離婚したんだ。立花さん、言っていたろう？お互いうまくいかないことが分かったんだ。で、あまり年取ってから離婚するのはエネルギーを消耗するから、四十代で届を出して、財産分与も全部済んでいる」

「お子さんたちには、なんて言ったの？」

「……子供たちには、まだ何も言っていない。両親が離婚したとなると、子供の就職や結婚に差し障りがあるから。家に帰ってないんだから、気付いてはいるけどね。だけど、親の都合で子供のことも考えずにさっさと別れてしまうなんてのは、無責任だと思わない？　僕たちは子供たちのために一番いい方法をと思って考えたんだ。だけど、来年は娘は結婚するし、息子も大学行かないで就職するって言っているから、もう自由だ」

龍崎は、他の生徒には決して見せることのない真面目な表情で、語った。

「リーちゃんには彼がいるって聞いていたから、遠慮していたけれど、その彼はおそらくリーちゃんの心をつかみきれていないと思うよ。僕だったら、リーちゃんのこと幸せにしてあげられる」

梨絵子の龍崎に対する思いは、あたかもクライエント（患者）がカウンセラーに抱く依存症（甘え）と畏敬であり、恋愛感情ではなかった。だから、兄の自死のことも自然に話せた。また、同年代の独身の異性には絶対話せないようなことでも、自分を偽ることなく、何でも話せたので、改めて龍崎の気持ちを知って戸惑った。自分の気持ちを知っていながら、他の男と寝た女をこの人は愛せるのだ。私のどこがこの人の心を惹き付けたのだろうか？　——と梨絵子は疑問に思った。

今日は高木課長は大阪に出張だった。同じ会社でも、あの人がいるといないとでは随分違う、と梨絵子は思った。龍崎の好意をスムーズに受け入れられないのは、課長の存在が影響していた。求めても得られないと分かっているからこそ、想いが募った。
「河合さん、将棋の駒の動かし方を図で書いてみたの。よかったら、差し上げます」

「えーっ、わざわざ書いてくださったんですか？　どうも有り難うございます」

梨絵子は初心者向けに、楽しみながら覚えられるように工夫したガイドのようなものを作ったので、河合にあげた。河合はいつもの人なつこい笑顔で感激してくれた。

「それから、私、子供の頃からのくせで、ついつい〝王様〟って言っちゃうんだけど、将棋の場合はチェスと違って、〝王《おう》〟に様は付けないのよね」

「でも、私も、普通に〝王様〟とか言っていました。神谷さん、あの、話は変わるんですけれど、課長からお聞きしたんですけれど、神様に興味おありなんですか？」

「ええ、少しね。河合さんはクリスチャンなんですってね。日曜日には教会に行っていらっしゃるの？」

「はい。あと水曜日にも行っています」

「えっ、毎週二回も教会に行っているの？　たいへんね」

遊びたい年頃のはずなのに、信仰を持って窮屈ではないのかしら、と梨絵子は思った。

「いいえ、私にとってはそこがエネルギー源だから、燃料を補給しに行くようなものです。そこに行くと楽しいんです。あの、今度牧師先生の講演があるんですけれど、もしよかったら、一緒に行きませんか？」

あ、まただわ――と、梨絵子は思った。神とか霊魂などに興味を示すと、必ず信者は講演会とか集会に来ないかと誘い、この会が最高の教えで、他の信仰では救われない、と口説く。

「ええ、もし私の内で何か感ずるものがあったら、行ってみるわ」

結局、梨絵子は河合から講演会の案内を受け取ってしまった。

梨絵子のK社での仕事が終了する日が近付いた。プログラムと実際にデータを入力する人たちの架け橋の仕事だったので、両者がトラブルもなくスムーズに動くようになれば、梨絵子は役割を終えたことになる。作業する時に使ったものはすべて借り物だから、移動する時に自分のものとして持っていけるものは、そこでの経験の記憶だけしかない。どんなに楽しい職場でも、辛い事があっても、送別の時には、それらの記憶が走馬灯のように一瞬のうちに駆け廻る。

人があの世へ旅立つ時に持っていけるものは、財産でもなく、地位でもなく、名誉でもない。結局は、自分自身の中に蓄えた、何をしてきたかという記憶でしかないのだ。

梨絵子は、派遣元の会社では正社員なので、派遣先での仕事が終了しても、毎月の給料は保障されている。他の派遣先、あるいは新規の派遣先が決まるまでは本社待機して、本社の事務の仕事を手伝うこともある。会社を移動することを梨絵子たちはローテーションと呼んでいるが、いろいろな会社の電算室《コンピュータールーム》を〝流転〟しているような、派遣という形態は、梨絵子の性分に合っていた。

梨絵子は河合に誘われていた講演会に行ってみようかな、という気になった。

これから環境が変わるので、心が多少揺れ動いているせいもあった。ただ、主催者が韓国の人というのが気にはなった。摂理研究会の主催者もまた同国人だったからである。

八月十五日は日本では終戦記念日だが、韓国においては、解放記念日として祝われる。ドイツの場合と違って日本は分割されなかった。しかし、戦争の主体であった日本がほとんど分割を免れているのに、やむなく戦争に相伴した朝鮮のほうが分割されてしまっている状態は、韓国人にとって我慢のできないことであるに違いない。しかもいまだに統一の目安もついていない。だが、日本と韓国の間に、またその両国を取り巻く大国の歴史的背景に、どのような経緯があったのか、梨絵子は知る由《よし》もなかった。

梨絵子がK社を去る日は、ちょうど高木課長は部長と共に一週間のアメリカ本社への視察旅行に出掛けていた。梨絵子は課長の笑顔を見てしまうと、わけもなく涙が出てくるような気がしたので、よかったと思った。

女性のアマチュア将棋大会は、千駄ヶ谷にある将棋会館で行われた。梨絵子はそこに一度、対抗試合の見学に来たことがあった。その時は、梶川と蕨《わらび》駅で待ち合わせをして行った。将棋会館の近くに神社がある。

「いつのまにか、将棋の神様に祭られるようになってしもたんや」

と梶川は説明した。

「せやけど、御参りしたかて、皆が皆、勝つ道理はないわな」

課長は時間ギリギリに来た。普段会社で見慣れている背広姿とは対象的な、白っぽくなったジーンズにトレーナーというラフな格好だった。時間は、流れていく。それらはすでに思い出になろうとしている。

初めに主催者の挨拶があった。この大会には日本で初の女性委員長が誕生した政党も後援していた。票集めにでもつながるのだろうか、と梨絵子は思った。北海道から九州まで、小学生から六十歳くらいの女性が全国から集まった。スケジュールの都合上やや遅れて来た女性委員長が挨拶をした。

「どうも、遅れて申し訳ございません。……私は将棋の事はよく分からないのでございますが、駒の中では、〝歩《ふ》〟って言うんですか？　数が多くて前に並んでいるのは……それが一番好きなんですね。角《かく》さんや飛車《ひしゃ》などに比べますと、一番弱い駒ですが、一歩一歩敵に向かい、ひとたび敵陣に入り込むやいなや、〝と金《きん》〟に成ってしまうという、一見弱そうに見えるが、本当は物凄い能力を秘めているのだと思うのです。女性もまた似たところがあります。……えー、将棋大会も今回だけで終わらせずに、回を重ねられますよう、皆様もよろしくお願い致します。簡単ではありますが、挨拶にかえさせていただきます」

試合模様は、その日のお昼のニュースにも流れた。

将棋界には華道やお茶のように、家元制度というものはない。自然流とか、さわやか流とか、不思議議流などはあるが、それらは家元の流派とはほとんど無関係である。弟子が新しい形を編み出したとしても、それが原因で将棋界を追い出されるということは、有り得ない。それだけに勝てなくなった棋士には厳しいものがある。

また、棋士や先生はいても、教祖様的存在はいない。宗教界からみれば、興味につつつを抜かすことなど、低俗なことのように映るかもしれないが、そのかわり、宗教界にありがちな妄信・狂信などが蔓延《はびこ》ることはない。

宗教者は、たとえ初めは教祖的存在を否定していても、組織に成り始めると、あたかも太陽系が太陽を中心として回ることによって、秩序を保てる自然の法則であるかのように、彼を教祖として、彼中心に回り始める。立教時は、宗教の元は一つである、と説きながらも、やがて自分の教え以外に心を向けることを禁止するようになる。だが、プロの道の大家《たいか》がその教えに共鳴するとなると話は別である。新しい信者獲得の宣伝効果になるからである。

秋の気配がいよいよ深くなってくる頃には、梨絵子は別の派遣先で仕事をしていた。

梨絵子は、龍崎の気持ちを聞いてからも、彼に対する尊敬の思いは変わらなかった。そんな梨絵子の心中を察してか、龍崎は根気よく梨絵子に付き合っていた。

「女性の将棋大会、どうだった？」

「うん、結構人集まっていたよ。初め四人のリーグ戦で、三人勝ち抜いた人が、トーナメントに出場する形式だったんだけど、私はかろうじて小学生に勝てただけだった。リーグ戦のメンバーの中に、安永先生の女性将棋教室に通っていらっしゃる生徒さんもいたわ」

「ふーん、そう。よかったね。そういう雰囲気を経験するのは勉強になるし、いいことだよ」

男性の中で女性がひとりでいると、甘えの部分が大きいが、その点、女は女に対して厳しい。

「先生、気のせいかな。なんだかいつもと違うみたい」

「そうか？　……うん。実はね、……」

と龍崎は話し始めた。龍崎の実家は岩手県にあり、花巻でも指折りの大きな化粧品の店を経営していた。ところが、使用人が別会社をつくる計画が発覚したため、六人ほど首にしたらしかった。そこで、龍崎に実家に戻ってもらって、親族経営にしたい、と言ってきているのだった。

「兄貴は長男で苦労をしてないから、人の育て方を知らないからな」

「それで、帰るの？」

「いいや、帰る気はない」

「人の育て方って？」

「新入社員の時に、自分で仕込んで教えて面倒みていくことなんだ。そうすれば会社を乗っ取るなんて考えもしないさ。今回の使用人は、高い給料出して、他から引き抜いてきた人だったんだ」

時として、宗教の中にとっぷりと浸っている人よりも、宗教を否定し、自分の目で見、自分の頭で考える人のほうが、現実問題に対して、的確な判断を下すことがある。龍崎は宗教を持っていなくても、宗教者以上に宗教人であって、愛和会の中の人にはない魅力を持っている――と、梨絵子は思った。

「神が人間を造ったんじゃなくて、人間が神を造ったんだ」

龍崎はそう言った。

「民族がそれぞれ勝手に自分たちの都合のいい神を造って、争って、混乱を引き起こしているんだ。選民意識が宗教戦争を起こしているのは、歴史が証明している。人間の脳は四パーセント程度しか活用されていないってのは知っているだろう？　だけど、突然十パーセントくらい使える人が生まれて、そういう人たちが酸素の薄い山かなんかで修行して、幻覚症状みたいなのが顕れて、神の啓示を受けたと言って、人々の指導者になったんだ。それが、イエス・キリストやモーゼなんだ。古代には〝語《かた》り部《べ》〟というのがいて、古い言い伝えや伝説を専門に語った氏族がいたが、二十一世紀には、人類は神を必要としなくなるさ」

龍崎の説明には説得力があった。

「君が信仰を持つのは多分に兄さんのことがあるからだろうから、心の支えとして別に僕は反対はしないし、集会にも出るなとは言わない。……ったく、もう。話がお兄さんのことになると、リーちゃんはすぐ涙ぐむんだから。はい、ティッシュ。だけど僕は人間を造ったという神はいないと思っている。もし神が存在するなら、今、死んだ人を生き返らせてみて欲しい。そうしたら、信じるさ」

「……」

「愛和会はイエスとか釈迦とかの言葉を引用しているけれど、結局二番煎じだよ。それならちゃんとした教会で学んだほうがいい」

「私たちのやっているのは、下地も整えないうちに、お化粧しているようなもの？」

「そうか、今の子たちはそういった基盤がないから、超能力だとか霊能力だとか売り物にしている新興宗教に、興味本位に走っちゃうのか」

「だけど、日本は戦争に負けて、一八〇度価値観も変わってしまって、戦前にあったいいものも全部一緒に捨ててしまったでしょう？　私たち学校では、知識だけで、心の指針みたいなものは、教わらなかったもの」

「これでも僕は、子供の頃おばあちゃんにつれられて、教会に行っていたんだ。だから聖書はひと通り読んだし、説教したこともあるんだ。だから少なくとも君たちよりは詳しく知っているよ。その上で、神はいないって言っているんだから、僕と論争したって、勝つわけないのさ」

　梨絵子は一瞬、思考が止まってしまった。生半可な知識しか持っていない者が、もの知り顔で、熟知している人に説くという、愚にもつかないことをしていたのだ。

「でも、僕がリーちゃんを好きなのは、リーちゃんが神様を信じているからかもしれないな」

なにげなく、龍崎は言った。

龍崎はカウンセリングの技術を習得していた。梨絵子は、通常生活においては、滅多に浮かび上がってくることのない心の奥底に潜んでいる記憶が、蘇ってくるのだった。


梨絵子の兄が大学生の頃は、学生運動が盛んな時だった。暴力が嫌いな彼は、当初、キリスト教の分派である『摂理研究会』に傾倒していたが、しばらくすると自ら組織を離れていった。しかし、大学は相変わらず紛争状態だったため、次第に大学にも行かなくなった。アルバイトなどもせず、一日中家にいて、昼と夜が逆の生活が続いた。その頃から〝何か〟の声が聴こえるようになった。

（——誰かが命令する声が聴こえる……）

梨絵子を殺《あや》めた夢を見た彼は、不安になり、それを確認するために、梨絵子の通う中学校に行った。泥だらけの姿で——。

梨絵子は、目には見えない二つの勢力が、兄の身体の支配権をめぐって争っているような、気配を感じた。

兄が帰らぬ旅に出て一年後、梨絵子は家を出て、アパートを借りた。立花と知り合ったのはその頃だった。宗教や超能力関係の本を読み漁り、エネルギー不滅の法則があるように、霊魂もまた不滅であろうと思っていた。死んでゴミになるのでは、人間はあまりに哀しすぎる。死というのは通過点に過ぎず、肉体という衣を脱いで、霊となって永遠に生きるか、あるいは合格点に満たない魂が、再び転生輪廻して、地上に生まれ出てくるものと思っていたので、キリスト教のように、自殺を罪悪だとは考えなかった。暑くなって上着を脱ぐか、あるいは面白くない映画の途中で映画館を抜け出すことと、そんなに変わらないことだと思っていた。だが、その考えは突き詰めていくと、ではなぜ人間は、この世に肉体を持って生まれる必要があるのだろうか、という疑問に打ち当たった。カルマの修正のみを目的とするならば、人の誕生は喜ぶべきものではなく、むしろ悲しむべきことではないだろうか。

頭の中を悲観的な想いが駆け回り、ほとんどアパートに閉じ籠もりきりになった。まるで精神的なブラック・ホールに落ちたようだった。貯金が底をつき始めた頃、生きていくために、アパート代と食費を得るために、いつまでも喫茶店のアルバイトをやっているより、何か手に職をつけようと、キーパンチャーの仕事に就いた。

立花の仕事がタイピストだったので、彼女の影響も大きかった。

生まれ変わりというのが事実だとすると、その立証のキーとなるのは〝記憶〟だ。よく催眠術で記憶を逆行して、生まれる以前の記憶を取り戻す例があるが、どのようなメカニズムになっているのだろうか。そのような疑問が、コンピューター関係の仕事をしてみたいという動機だった。当時のデータ入力の仕事は、紙カードや紙テープに、穴を開ける作業だった。このカードが、コンピューターの中でどのように処理されるのか、不思議だった。

しかしそれ以上に、人間が、食べ物を口に運んだあと、その食物がどのような栄養素に分解され、貯蔵され、活用されるのか知らなくても生きていられるというのは、すごいシステムだと思った。コンピューターを造った人はいるのだから、それ以上に精巧な人間を設計した創造主というのは、いてもおかしくないと思った。だが、もしいたとしても、創造しただけで、あとは引き上げてしまったのだろう。宇宙を生み出したエネルギーが、大きさからすれば点にも満たない地球の人間社会に、介入してくるとは思えない。

引きこもりのような状態から少しずつ抜け出したある日、一件一件家を訪問している聖書を携えた『神の証人』が、梨絵子のアパートにもやって来た。人間や宇宙の創造主がおられること、死後の霊界というものは存在しなく、キリストの一千年王国の始まった時にすべての死人が蘇《よみがえ》り裁かれるということ、この世の支配がまもなく終わり、神が直接統治する時代が近付いているので、この福音を述べ伝えているのだ、という趣旨を説明していた。また、一般の教会は、聖書の教えを曲解し、十字軍などを起こして戦争したので正しく導いておらず、自分たちの教会が、最も正しい教会なのだ、とも言っていた。

聖書をバック・ボーンとしている西欧文化と異なり、儒教や仏教文化の中で育ち、進化論を歴史的事実として学んできた人々には、創造主が存在するという考え方は、急には受け入れがたいものがある。日本人には宇宙の創造主である神という概念は、欠けている。神々と呼ばれている概念ならある。それは、昔の偉人であったり、太陽であったり、大きな木だったりする。思想が違えば、考え方も違う。国際摩擦の原因も、案外こんなところにあるのかもしれない。

すべてを信じたわけではないが、精神的支柱を持ちあわせていない梨絵子は、誘われるままに彼女たちの教会に行ったり、聖書研究をした。

それによると、転生輪廻の教えは、エバたちを欺《あざむ》くために、サタンが考え出したウソということになる。

「なんだ、あいつはそんなでたらめを言ったのか。いいかい、『善悪の知識の木』の実《み》は食べても死なないよ。食べたら神のように賢くなってしまうから、そう言ったんだよ。（たとえ肉体は死んでも、霊魂は永遠に生き続けるんだ……）」

だが、集会に出掛ける回数が多くなると、次第に疑問に思うことが出てきた。

そもそもなにゆえに神は、わざわざそんな大事な木を、好奇心旺盛な人間の目に触れるようなところに「生えさせた」のだろう。人間の心を掌握することにかけては、神よりサタンのほうが上手であった。だがそれ以前に、完全な世界の中で、なぜサタンのような異質物が存在するようになったのだろう。まるでがん細胞のように、正常な細胞組織が、突然変異して悪性細胞となり、それらが無制限の増殖をするようなものだろうか。あるいは、天使軍の中の反乱を前もって見抜いた天使ルシフェルが、自ら悪役を買ってサタンとなったのであろうか。徳川家康の家来、石川数正が主人に忠誠を尽しながらも、自ら豊臣秀吉の元に出奔し、お家が二つの勢力に分かれるのを防いだように。

輸血拒否の問題も、梨絵子には疑問だった。自分がこの教えを信じきったのなら、自分は拒めるだろうが、もし、まだ判断のつかぬ子供にもそれを強制しなければならない場面に出会《でくわ》したとしたら、自分には信仰を貫き通すことはできないと思った。

一般の教会へ行ってみようかな、と思っていた時、立花に、クリスマス・パーティーに誘われた。行ってみたところ、それが愛和会主催のパーティーだった。イエス・キリスト中心でなく、愛和会の主宰者の教え中心だったのが気にはなったが、「分け登るふもとの道は多けれど、同じ高嶺の月を見るかな」という歌のように、道は違っても、行き着く所はみな一つだと思い、入会したのだった。

河合に誘われていた講演会は日比谷公会堂で、三日間あった。

河合と会ったのは久し振りだったが、梨絵子は毎月一回、仕事が終わってから

K社の近くまで行っていた。K社の将棋部の厚意で、指導対局を続けられたのである。

「私あまり会社の人には勧めないんです。霊的なことや宗教的なことって、拒絶反応を示す人、結構いるでしょう？　でも、毎日仕事で顔を合わせないわけにはいかないから、一度警戒されちゃうと、なんとなくまずいんですよね」

「ふーん。いろいろ大変なんだ……」

河合は幼児洗礼を受けたクリスチャンで、世間の荒海に揉《も》まれて救いを求めて、信仰に入ったのではないので、どこかお嬢様という感じだった。だが、後半のそのセリフは、なぜか社内恋愛を連想させる――と、梨絵子は思った。もし、破局になったとしても、毎日顔を合わせないわけにはいかないから、なんとなく職場にいづらくなってしまう……。


講演会は、華やかな衣装を着けた歌い手の賛美歌に始まった。愛和会のそれと比較するとショーを思わせたので、梨絵子は少し警戒した。

牧師の話が始まった。ヘブル人が、いよいよモーゼの神が約束された、乳と蜜の流れる土地に入ろうとした時に起きた、様々な障害について語り始めた。しだいに梨絵子の意識が遠のいていった。

あの世とこの世の架け橋を作り、人々を死の恐怖から解放する手伝いをしたいと願っていた中学時代、誤った宗教に利用されている羊のような人たちを解放したいと思っていた高校時代の梨絵子の姿が、現れては消えた。

梨絵子の兄の自殺の原因は、遺書もなかったので、残された者が推測するしかない。おそらくは、(自分がいては、家族に迷惑がかかる)と思ったのであろう。重荷になっている自分さえいなければ家族は幸せになれると思った彼は、電車に飛び込んだのだった。偶然、梨絵子はその電車に乗り合わせていた。

減速に入った電車は、その時急ブレーキがかかり、ガタンと大きな音がした。梨絵子は一瞬、スローモーションの世界にいるような感覚になった。現実の感覚に戻った時、駅のホームでは、会社帰りの人々がざわついていた。ある予感はしたが、梨絵子はとっさに家に電話をした。電話を受けた母も同じことを思ったが、とりあえず、家に帰って来るように言った。父は、当時国鉄（現JR）職員で、その晩は宿直勤務だった。翌日の昼近くに勤務を終えて帰宅し、そのことを聞いた。以前にも、梨絵子の兄は、連絡もなく家に帰ってこなかったことがあったので、もう一日様子を見ようということになった。

そして翌日（人身事故があってから三日後）、父親がもしやと思い、梨絵子が遭遇した飛び込みのあった駅に身元を問い合せたところ、兄であることが確認されたのであった。梨絵子の高校三年の二学期の中間テストの最終日であった。現場に居合わせながら、現場を見なかったのは、神のなせるわざであった。さもなければ、脳裏に焼き付いた映像は、生涯消えることはなかったであろう。

梨絵子は、純真な人々を食い物にしている宗教を許せない、という憎しみの思いがあった。だが、私は、兄が自分を犠牲にしてまで家族を愛したように、人を愛したことがあっただろうか、と自分の心を静かに省みるのだった。その時、家族の幸せを願って、己の命を捨てた兄の姿に、人類の罪を身代わりに受け、贖《あがな》うために、十字架に掛けられたイエス・キリストのイメージが重なった。

話すことなく、語ることなく、その声も聞こえない神の響きに温かまりを被り、梨絵子は心の奥底の憎しみが、涙となって、浄化されていった。

# エピローグ

「梨絵子は僕で、僕は梨絵子なんだ……」

ふと、梨絵子は兄が亡くなる少し前に言った言葉を思い出した。どんな意味なのか、聞いた時も、そして今も謎のままであった。

帰らないとは言っていたが、結局は戻らざるを得ない状態になったらしく、龍崎はしばらく姿を消した。

龍崎のいなくなった心の空白を埋めるかのように、梨絵子は教会に通い始めた。神の御手が、無神論者の龍崎を用いて、梨絵子を教会に追い込んだかのようだった。

新約聖書の最後に、『ヨハネの黙示録』という巻がある。神の言葉とイエスの証をしたために、パトモス諸島という島に流されていたヨハネに、神が示した黙示である。そこには、人類の三分の二が死滅するハルマゲドン（最終戦争）やその他破滅の預言がされている。

「一九九九年七の月、恐怖の大王が降ってくる」

これは、ノストラダムスの有名な終末予言詩である。一九九九年が何事もなく過ぎた時は、世界破滅を不安に思っていた人は安堵したであろう。

しかし、二年後の二〇〇一年九月十一日、世界は衝撃の出来事を目の当たりにした。

黙示録預言は、信じられないような、恐ろしい内容だが、それが遠くない将来、確実に起こるのだとしたら、悲劇を最小限に抑えるための布石を打ちたいと、梨絵子は思った。

その第一歩として、今一度、神の手の内の駒となる前に、現在に到るまでの軌跡を記そうと思い立った。
題名は、神とサタンと、将棋をイメージするようなもので……日本を守る使命感のために立ち上がった団塊の世代へメッセージを送るというような形で……。
書き出しは、
拝啓、団塊の世代の兄弟姉妹の皆様……。

【参考文献】

『聖書』新改訳（日本聖書刊行会）

『将棋に強くなる』坂口允彦（ひばり書房）

著者プロフィール

**天宮 沙羅**（あみや さら）

埼玉県出身
東京中央神学院卒業
産能大学経営情報学部（通信教育課程）卒業

著者作

**神と龍王の黙示録**

2010年５月15日　初版第１刷発行

著　者　天宮 沙羅
発行者　瓜谷 綱延
発行所　株式会社文芸社
〒160-0022　東京都新宿区新宿１－10－１
電話　03-5369-3060（編集）
03-5369-2299（販売）

印刷所　広研印刷株式会社


ISBN978-4-286-08753-5